FLORES MARTIRIALES

episodio de la Revolución de octubre de 1934
en cuatro cuadros

fronda
ediciones teatrales

© Fronda ediciones teatrales, 2020
e-mail: palominomanuel@uniovi.es

ISBN: 978-0-244-54988-6

Dramaturgia Asturiana. Textos rescatados; 4
Colección coordinada y transcripción por:
Manuel Palomino Arjona

INTRODUCCIÓN

En la noche del 9 de octubre de 1934, eran fusilados en el cementerio de Turón (Asturias) ocho hermanos de las Escuelas Cristianas, docentes en el Colegio de Nuestra Señora de Covadonga, fundado y sostenido por la empresa Altos Hornos de Vizcaya, que tenía allí la orden de La Salle: Cirilo Beltrán (José Sanz Tejedor), Benjamín Julián (Vicente Alonso Andrés), Benito de Jesús (Héctor Valdivielso Sáez), Victoriano Pío (Claudio Bernabé Cano), Augusto Andrés (Ramón Martín Fernández), Marciano José (Filomeno López López), Julián Alfredo (Vilfrido Fernández Zapico), Aniceto Adolfo (Manuel Seco Gutiérrez). Junto a ellos, fueron asesinados Inocencio de la Inmaculada (Manuel Canoura Arnau), un padre pasionista del Convento de Mieres, que había subido hasta allí para decir misa en el mismo colegio, y dos oficiales de carabineros. Seis días más tarde, se sumaban a esta lista el director de Hulleras de Turón Rafael del Riego; Cándido del Agua, jefe de los guardias jurados de la empresa, y César Gómez, corresponsal de *Región*, debido a sus simpatías hacia la extrema derecha. Los restos fueron exhumados y llevados al cementerio de Bujedo (Burgos) el día 26 de febrero de 1935. El 9 de octubre de 1944, en la diócesis de Oviedo se inició la causa de beatificación cuyos trámites concluyeron el 22 de junio de 1945. En Roma se siguió tramitando y en 1988 fue firmado el decreto por el que se reconocía el martirio. La Iglesia les llamó los mártires de Turón, y fueron beatificados por el Papa Juan Pablo II el 29 de abril de 1990 y canonizados el 21 de noviembre de 1999. Su festividad se celebra el día 9 de octubre.

Enrique Gudín de la Lama, en la tesis doctoral "Los colegios de La Salle en Asturias durante el primer tercio del siglo XX" (Facultad de Geografía e Historia de la UNED, 2006), nos contextualiza este triste episodio:

> *"De todos los colegios llevados por Hermanos de La Salle en Asturias, el de Turón fue el que sufrió manifestaciones anticlericales más violentas, que culminaron en los sucesos de 1934. Desde la llegada de la República los atentados contra el colegio fueron bastante frecuentes. El telón de fondo de esa violencia lo constituía el Sindicato Único que se hallaba en los primeros momentos republicanos sometido a la pugna entre comunistas y anarquistas por su dominio. Más adelante la violencia estuvo motivada por razones tácticas del Sindicato Único que buscaban el desmarque de Turón de las estrategias del sindicato socialista.*
>
> *La violencia llegó a tal extremo que los dirigentes del SMA llegaron a pedir urgentemente un par de veces al ministro de la Gobernación que se interviniese. Ese ambiente tenso y violento, con huelgas y atentados continuos repercutió en la empresa que se planteó reducir gastos en verano del 33. Uno de los gastos que se pensaba eliminar era el colegio. No se llegó a cumplir el aviso de cierre y en septiembre volvieron los Hermanos aunque contratados por la Mutua escolar y cultural mierense. El ambiente de tensión ya hemos visto como estaba repercutiendo de forma violenta sobre el colegio, por lo que no es de extrañar que los Hermanos que habían sido destinados al colegio después de los movimientos de la Operación Balmes, sintiesen cierta aprensión ante las*

posibles consecuencias que podía atraer esa atmósfera, aunque en último término considerasen que no podía faltarles la ayuda de, al menos, un sector de los obreros. Al igual que sucedió en el resto de los colegios de los Hermanos -y en general con el resto de la enseñanza religiosa- la presión laicista de las autoridades municipales, auspiciada de alguna forma desde la Dirección general de primera enseñanza, aumentó bastantes grados aún antes de la aprobación de la Ley de Congregaciones. En Turón no consta que se pidiese la incautación del colegio por parte del Ayuntamiento, tal como sucedió con otros colegios, sin embargo, sí que se decretó la supresión de cualquier manifestación religiosa, y se solicitó desde la alcaldía la visita de un Inspector de primera enseñanza. Esas dos cuestiones y la manera en que fueron resueltas, pueden considerarse batallas entre el colegio, la empresa y el ayuntamiento que, muy probablemente, fueron determinantes cuando llegó la revolución asturiana. A comienzos del curso 1932-1933, el colegio sufrió una visita de Inspección solicitada por el Alcalde de Turón. Otro motivo de tensión fue el traslado de los alumnos en filas a la misa parroquial. Al igual que había sucedido en La Felguera los primeros domingos tras la proclamación de la República, en Turón se intentó que los hermanos terminasen con esa costumbre, que se consideraba una provocación.

El momento más tenso tuvo lugar el domingo de carnaval de 1933. Durante la misa dominical -a la que los alumnos habían acudido en fila- el Alcalde municipal se trasladó hasta Mieres de donde volvió con un teniente de la Guardia Municipal. El Director fue detenido al salir de la iglesia. Fue trasladado hasta Mieres y después de interrogarlo se le declaró en libertad. Los domingos siguientes se siguieron llevando a los alumnos en fila a la Iglesia. A estos incidentes -que se podían computar en el haber del alcalde como negativos, puesto que no había conseguido imponer su criterio- había que añadir varios incidentes entre

7

*las Juventudes Católicas que se habían fundado en el Colegio y tenían allí sus reuniones, y alguno de los dirigentes obreros de Turón. Por otra parte, la masonería tenía un Triángulo en la localidad de Turón, cuyo jefe -**Leoncio Villanueva**- fue miembro del comité revolucionario local durante la revolución. Las directrices generales de la masonería en cuestiones de educación tendían hacia la supresión de la enseñanza religiosa y el establecimiento de la escuela única y laica a través de la implantación del monopolio estatal en ese campo. Por lo que se refiere a su posible influencia en el movimiento revolucionario de octubre del 34, no consta que se hubiesen lanzado consignas concretas, y -de hecho- la implicación de Leoncio Villanueva en las muertes de los Hermanos de Turón se puede considerar como meramente pasiva, obedeciendo su presencia en el comité revolucionario más a su calidad de obrero que a su afiliación masónica. La Revolución del 34 estalló en Turón al mismo tiempo que en el resto de las cuencas a pesar de la desorganización sindical que existía en el valle desde mediados de 1932 en que la política del sindicato comunista se había venido abajo. Al poco de darse la señal de comienzo se iniciaron las negociaciones con la Guardia Civil, se ocuparon las oficinas de la empresa y se procedió a la detención de los personajes más significativos del valle. A lo largo de la mañana del día 5 fueron trasladados a la cárcel provisional establecida en la Casa del Pueblo los detenidos. Fundamentalmente se trataba de los directivos de la empresa, el principal animador de Acción Popular en el pueblo, el jefe de los guardias jurados de la empresa y los sacerdotes -párroco, coadjutor y capellán de la empresa- que residían en Turón.*

El registro del colegio en busca de armas se realizó temprano. Una vez finalizado, los Hermanos fueron detenidos y llevados a la Casa del Pueblo, donde permanecieron 4 días hasta su ejecución. La ejecución fue decidida por el comité revolucionario que estaba formado por seis comunistas, seis socialistas y un cenetista. El motivo por el que se decidió no está claro. Las respuestas que posteriormente dieron los implicados fueron evasivas, intentando trasladar la responsabilidad al comité. En último término parece que los miembros del comité se dejaron llevar sin más por el odio antirreligioso. Una vez finalizada la revolución el colegio no volvió a funcionar hasta un año después.

Normalizadas las cosas en la empresa, el nuevo director pidió al Hermano Visitador un nuevo equipo para que continuase la enseñanza en el colegio. A comienzos de verano de 1935 se designó a la nueva comunidad que comenzó las clases en una casa distante dos kilómetros del colegio. Este se hallaba ocupado por un destacamento de la Guardia Civil. En el nuevo edificio sólo pudieron ser atendidos. En 1936 no hubo incidentes graves en el valle, aunque el ambiente continuaba siendo tenso. Muestra de ello fue la decisión de la empresa de dar vacaciones durante los días de las elecciones generales y una visita del Inspector de zona al colegio."

Por su parte, el historiador **Ernesto Burgos** (en *La Nueva España*, 10/01/2012), añade algunos datos más sobre el juicio a los asesinos:

"Se sabe que la decisión del primer fusilamiento fue tomada en una reunión del Comité revolucionario de Turón con la única oposición del dirigente de las Juventudes Socialistas **Fermín López** *y del concejal* **Leoncio Villanueva**, *responsable del triángulo masónico que funcionaba en la localidad, y según algunos testimonios, ante la falta de voluntarios en la localidad para formar el piquete de ejecución, sus integrantes tuvieron que ser reclutados en Mieres y Santullano. En cuanto a lo ocurrido seis días más tarde, nunca quedó claro si se debió a una venganza personal*

9

de alguien a quien se le había negado trabajo en la empresa o a una respuesta en caliente cuando se conoció la matanza que el día anterior había realizado la Legión en el barrio ovetense de Villafría.

Pero como estas cosas pueden leerlas en otra parte y mi espacio es corto, hoy voy a traerles a esta página algo que creo que es más difícil que conozcan: cómo se desarrolló la primera jornada del juicio, que se inició en Oviedo el 17 de junio de 1935, para dirimir las responsabilidades de los 65 detenidos por aquella acción, porque lo que se dijo en esas horas puede ayudar a que nos formemos una idea de lo que realmente ocurrió en Turón.

Un proceso con gran expectación

*Los ejecutores y quienes habían tenido la máxima responsabilidad de lo sucedido eran **Silverio Castañón**, socialista y jefe del Comité de Turón; **Amador Fernández Llaneza**; **Ceferino Álvarez Rey** y **José García Álvarez 'Casín'**.*

*Cuando le llegó el turno a los inculpados, Silverio Castañón, reconoció los hechos, afirmando que él había formado parte del pelotón encargado del fusilamiento de los frailes y los carabineros, junto a **Servando García Palanca** y otros diez desconocidos, llegados desde Mieres junto a **Nazario Álvarez**, y que éste también había sido su compañero cuando obligaron al cajero de Hulleras de Turón a entregar las 70.000 pesetas que se guardaban en la caja de la empresa. Por su parte, los acusados Amador Fernández y Servando García también confirmaron su participación en el segundo fusilamiento, añadiendo éste que, una vez consumada la acción, había quedado con el reloj y*

10

un lápiz del ingeniero Rafael del Riego y que la orden de disparo la había dado Nazario Álvarez.

Más testimonios de José Hernández al enterrador

Esteban Martín Colodrón, el sepulturero del cementerio, recibió la orden de Silverio Castañón para que estuviese aquella noche a la puerta del camposanto, siguió diciendo que desde allí pudo ver llegar a los frailes, acompañados por el propio Silverio y José García 'Casín', que luego vio entrar a la triste comitiva, escuchó la descarga y un par de tiros de gracia y finalmente cumplió su cometido cuando le mandaron pasar para enterrar, ayudado por otros cuatro hombres, a los once muertos en una fosa que ya estaba preparada al efecto. También se encargó posteriormente, el día 14, de dar sepultura a los otros tres fusilados.

Listo para sentencia

Finalmente, el 23 de junio, el juez dictó 7 penas de 12 años; 36 hombres fueron condenados a reclusión perpetua y Fermín López, Silverio Castañón, Servando García y Amador Fernández Llaneza a la pena de muerte; los otros 18 acusados fueron absueltos. Las penas capitales nunca llegaron a ejecutarse y todos los presos salieron a la calle tras la victoria del Frente Popular en las elecciones de febrero de 1936."

El relato que hizo el historiador norteamericano Gabriel Jackson en *"La República Española y la Guerra Civil, 1931-1939"* (1965) de los asesinatos de los religiosos de Turón es un poco diferente. Efectivamente fueron detenidos el día 5 de octubre "sin que recibieran malos tratos" y, los guardianes, "que los habían separado del resto de los

11

prisioneros", les pidieron que se unieran a los revolucionarios, a lo que los frailes contestaron que ellos no podían ir al frente, excepto en el cumplimiento de sus deberes religiosos. "El día 8, un grupo de soldados que no pertenecían a su guardia entraron y les obligaron a marchar con el pretexto de que los llevaban al frente. Los condujeron al cementerio y allí los fusilaron."

Tras conocerse los asesinatos de Turón, el director de Altos Hornos de Vizcaya, propietaria de las minas y de la escuela de los Hermanos de La Salle afirmó lo siguiente:

> *"He creído contribuir personalmente a atajar el mal utilizando cuantos medios tenía a mi alcance y no me faltó la ayuda del capital y, sin embargo, ¡qué poco éxito se ha alcanzado! Precisamente en Asturias hemos derrochado dinero a manos llenas, ya para enseñanza, ya para propaganda, ya haciendo concesiones económicas para contribuir al bienestar familiar de obreros y empleados, etc., ¡qué desconsuelo ver el pago que se nos dio en octubre!"*

Juicio, que se inició en Oviedo el 17 de junio de 1935, a los 65 detenidos.

FLORES MARTIRIALES

episodio de la Revolución de octubre de 1934
en cuatro cuadros

PERSONAJES

HNO. CIRILO. Director
HNO. MARCINIANO
HNO. VICTORIANO
HNO. BENJAMÍN
HNO. JULIÁN
HNO. AUGUSTO
HNO. BENITO
HNO. ANICETO
HILIÉO. Marxista dirigente
NEÓPOLO. Masón dirigente
RODOLFO. Beneficiario de segundo orden de la
Revolución.
ALFREDO. Revolucionario de buena fe
ALBINO. Revolucionario exaltado
EL GAITERO. Bufón
NIÑO. MUJER (fuera de escena)
GUARDIAS ROJOS.
PUEBLO

En el estreno del Colegio de Santiago Apóstol
la obra terminó con una apoteosis.

CUADRO PRIMERO

Puerta del Colegio los Hermanos de Turón. La puerta
practicable al foro. Se oyen unos disparos lejanos. Por fin, junto
a la puerta exterior.

Escena I
Rodolfo, Alfredo

Un ruido lejano de multitud llena la escena. Se oyen
"vivas" y "mueras" lejanos.

Alfredo: ¿No ha venido nadie?

Rodolfo: Nadie. Esto ha estado en el silencio de la muerte.

Alfredo: En la Rabaldana todo ha sido entusiasmo. En breves momentos el cuartel se vio rodeado de una nube de fusileros y escopeteros. Una llamarada de odio se alzaba en cada pupila. Los brazos se encrespaban en una mueca de reto revolucionario. Todos eran de los nuestros. La tierra paría armas y armas en un parto fecundo. Era un bosque de cañones. Pero más que eso embriagaba de placer rebelde de ver aquellas multitudes hambrientas de pan y hambrientas de Justicia.

Rodolfo: ¿Y la fuerza del cuartel?

Alfredo: Luchó bravamente, pero ¿qué podía? La desesperación les hizo temerarios. Fuerza es confesar que la tiranía tiene buenos defensores.

Rodolfo: Ni tantos ni tan bravos como la Revolución.

Alfredo: Eso es verdad. El jefe del cuartel ha sido arrastrado después de ser muerto.

Rodolfo: ¿Por qué no alzasteis sus carnes cruentas como una bandera de la Revolución?

Alfredo: Mejor es echarlas a un perro. ¿Y por aquí?

Rodolfo: Están presos los dos curas y el capellán del Colegio.

Alfredo: Di cosas de más bulto y que interesen más al éxito de la jornada.

Rodolfo: ¿No te interesa lo de los curas?

Alfredo: A medias. Si estorban se los quita de delante, pero sin crueldad, sin perder tiempo.

Rodolfo: Están presos también el Rey de las Pulgas y el Conde de Villalón.

Alfredo: Eso ya está mejor; fuera los fascistas. Hay que arrancarlos, extirparlos. Que no quede ni semilla.

Rodolfo: Hay algo mejor todavía.

Alfredo: ¿Qué?

Rodolfo: Rafa I está preso, con los demás ingenieros.

Alfredo: Bravo. ¡Viva la Revolución! ¿Y a qué nos han mandado aquí?

Rodolfo: Ahora se trata de llevar presos a los frailes, los peores enemigos del régimen.

Alfredo: Los peores no, no tienen armas.

Rodolfo: Eres un cándido. Aquí se reunía el fascio... Se los apresará. Se les cogerán las armas... Y yo creo que se les matará.

Alfredo: ¿Por qué lo supones?

Rodolfo: Hiliéo y Neópolo tienen cuentas atrasadas con ellos, y no van a dejar pasar la ocasión.

20

Alfredo: Pero eso es una cosa personal y el movimiento iniciado es algo que pasa los personalismos y aún las fronteras regionales.

Rodolfo: En todas las revoluciones lo personal juega un papel importante. La masa lucha por un ideal. Cada uno venga su ofensa, busca su provecho. Ya lo verás cómo en ésta pasa lo mismo. Vendrá el pillaje y cada uno llevará según su arte. La Justicia será una vindicta individual.

Alfredo: Te equivocas. Si fuera así... *(Se oye un disparo)* El torrente avanza. Ya se oyen los gritos. *(Efectivamente los gritos están cerca)*

Rodolfo: Ahí tienes los jefes. *(Les saluda, puño en alto. Luego se aparta discretamente. Hiliéo y Neópolo vienen hablando por la derecha del espectador)*

Escena II
Neópolo, Hiliéo, dichos.

Neópolo: Yo lo encuentro claro.

Hiliéo: Y yo, claro y seguro.

Neópolo: La Generalidad en pie, Madrid en pie, toda España en pie.

Hiliéo: El proletariado, consciente, ha visto su día.

Neópolo: Le ha visto y le vive. Al ver ese ardor frenético de la Revolución, el espíritu se ensancha, la Humanidad se redime.

Hiliéo: Un placer rabioso corre por mis carnes.

Neópolo: Pero no gozarás tanto como yo. Por el placer de aprisionar y... matar a estos frailes, todos los estragos que pueda causar el

21

populacho desbordado me parecen juegos infantiles. Estos son los enemigos de la Humanidad. Ellos los avanzados de la Religión. Ellos los heraldos de la Iglesia y del jesuitismo. Ellos los adelantados en todas las fronteras entre la cultura y el oscurantismo... ¡Una fruición brutal bañará mi espíritu cuando me vengue de aquellas bofetadas que recibí delante de esta puerta!

Hiliéo: No recuerdes eso. De este Colegio no debe quedar piedra sobre piedra. Aquí tenía Rafa I sus más leales servidores. Aquí se han reunido los fascistas... Aquí fui dos veces injuriado en mi dignidad de hombre por la Guardia Civil. Ha llegado la hora de nuestra venganza.

Neópolo: Ya está aquí el pueblo. *(El griterío es enorme)*

Escena III
Dichos, pueblo. Viene delante Albino

La escena debe llevarse con cierta lentitud

Hiliéo: *(Llamando)* ¡Camaradas! El pueblo exige que abráis.

Neópolo: Nada. Estarán escondiendo los documentos comprometedores. *(Al pueblo)* Ya lo ves, pueblo, los frailes no te obedecen. *(Se oyen "mueras" a los frailes)*

Hiliéo: *(Llamando)* ¡Camaradas! El pueblo exige que abráis.

Neópolo: Nada. Lo de siempre. Luego dirán que estaban rezando. Estarán escondiendo las armas. Tú, dispara a ver si oyen *(Se oye un disparo)* Aún no abren.

Albino: A prender fuego.

Voces: Sí, sí. A quemarlo. El pueblo manda.

Neópolo: Quemar no. Es el mejor edificio del valle. Que sea para nosotros. Donde el jesuitismo tuvo su antro, tendrá la Revolución su centro para irradiar la luz. Pueblo, no quemes lo que es tuyo.

Voces: Muy bien, muy bien *(La puerta se abre lentamente. Aparece el hermano Marciano, asustado como una palma)*

Escena IV
Hno. Marciano, dichos.

Neópolo: Ya es hora, camarada, de que abráis.

H. Marciano: Perdonen si les he hecho esperar.

Hiliéo: Hipócrita. ¿No sabéis que desde hace unas horas manda el pueblo? Resistirle es ir contra la Revolución. y la Revolución es invencible. Pasará por todo, lo arrollará todo. Su carro de triunfo avanzará y aplastará a todo lo que no deje paso. *(El hermano queda petrificado contra la pared)*

Neópolo: Mirad que cara de hipócrita tiene. *(Todos ríen) (Al pueblo)* Obedeced al Comité, que es quien debe cuidar de la salud del nuevo Régimen.

Hiliéo: *(Al hermano)* Entregadnos las armas... las armas de los fascistas. *(El hermano calla)*

Neópolo: ¡Qué idiota! *(Todos ríen)*

Albino: ¡Qué se entre a viva fuerza!

Neópolo: No conviene, pueden tener asechanzas preparadas y causar alguna víctima del pueblo, y el Comité tiene que cuidar del pueblo.

Voces: ¡Bien! ¡Bien!

Neópolo: *(Al hermano)* Llame usted, y que bajen todos; de no hacerlo inmediatamente, el pueblo soltará sus santas iras y el Colegio arderá. *(El hermano se retira)*

Hiliéo: Guardad bien todas las salidas.

Escena V
Los Hermanos van saliendo y se colocan rodeando al director.

H. Cirilo: ¿Qué desean ustedes?

Neópolo: La Revolución ha estallado. El proletariado está redimido. La aurora del nuevo día gana con sus fulgores todos los campos de España.

H. Cirilo: Perdone, pero no entiendo nada de eso. *(Rumores)*

Neópolo: Ya sabía que vuestra ignorancia era supina. No entendéis nuestro lenguaje de luz. Sólo comprendéis el vuestro, de tinieblas y de inquisición. Habéis muerto. Hasta esta mañana vosotros: la Iglesia, el jesuitismo, la inquisición. Desde hoy nosotros: la libertad, la irreligión, la moral libre, el hombre suelto de viejas cadenas feudales.

H. Cirilo: Empiezo a entender algo, pero habladme más claro.

Voces: Hipócrita, canalla

24

Hiliéo: Yo os lo diré claro. Ha estallado la Revolución; daos por presos, y entregadme las armas; toda oposición es inútil. Al menor gesto de resistencia los fusileros dispararán sobre vosotros.

H. Cirilo: Así, claro... Aquí nos tenéis. Tenemos limpia la conciencia. *(Al pueblo)* Si alguno del pueblo tiene algo contra nosotros que lo diga. *(Silencio)* ¿Lo veis?

Hiliéo: Aquí se ha hecho fascismo.

H. Cirilo: He preguntado al pueblo. Sé que ustedes dos tienen viejas llagas; vengaos, pero no lo hagáis en nombre del pueblo. *(Al pueblo)* Repito que si alguien quiere inculparnos que lo haga. *(Silencio)*

Hiliéo: *(Al pueblo)* ¿No sentís ardor revolucionario? Estos son los que corrompen al pueblo. Estos son los dirigentes de los fascistas. ¡Abajo los frailes!

Voces: ¡Abajo!

Hiliéo: *(Aparte)* Ya son míos. *(A los hermanos)* Entregadnos las armas.

H. Cirilo: ¿Qué armas? Nosotros no tenemos más armas que los libros, porque no reñimos más batallas que las de la cultura.

Hiliéo: ¡Las armas! ¡Las armas!

H. Cirilo: Digo que no las tenemos.

Albino: A verlo, A verlo.

Voces: ¡A verlo!

Neópolo: Calma, calma. El Comité cuidará de la seguridad del pueblo.

Hiliéo: Las armas fascistas.

H. Cirilo: Nosotros somos del pueblo y no hacemos distinciones políticas. Eso para vosotros.

Neópolo: Pero aquí venían los llamados católicos.

H. Cirilo: Ah, eso sí. Somos católicos, somos religiosos.

Voces: Fuera, fuera

Neópolo: Que Hiliéo, Alfredo y dos más registren toda la casa, los demás guardaremos a éstos. *(Al hermano Cirilo)* Usted, guíeles *(Hiliéo, Alfredo y dos del pueblo entran. Les precede el hermano Cirilo)*

Escena VI
Neópolo, los otros hermanos, pueblo

Neópolo: *(Irónico)* ¡Como cambian las cosas! Ayer mandabais vosotros, hoy nosotros. ¿Dónde están los jóvenes católicos? Ya no atropellaréis más conciencias. Ya no haréis política monárquica.

H. Victoriano: Nosotros no tenemos más política que la de educar al pueblo.

Neópolo: Embrutecerlo, diréis. Vosotros sois la roña que puede envilecer al pueblo más culto.

H. Victoriano: Qué poco sabéis de historia. La Iglesia ha sido durante veinte siglos la antorcha de la Humanidad. Quitad la luz que el catolicismo ha derramado en la Historia y no veréis nada noble ni excelso. Vosotros queréis igualar en la muerte, que es el odio. El Catolicismo iguala en la vida, que es el amor, al enseñar a todos los hombres a decir "Padre nuestro".

Neópolo: Infame.

Voces: Que se calle

Otro: Arrancadles esos sacos que cubren todas sus infamias.

Neópolo: Ya se les arrancará eso, y más.

Voces: La vida, la vida

Neópolo: El pueblo lo dirá.

Uno: Ya lo ha dicho. *(Viene el Gaitero. Lleva una cartera de escolar. Dentro oculta una bota. Mientras avanza cómicamente la gente ríe)*

Gaitero: Dejadme pasar, que voy a llegar tarde y me van a castigar.

Albino: Pero, ¿dónde vas?

Gaitero: ¿No lo ves? A la escuela. ¿No es esto una escuela? *(Risas)*

Albino: ¿Y qué llevas en la cartera?

Gaitero: El mejor libro del mundo. ¿A que no adivináis cuál es?

Albino: La aritmética, para echar las cuentas a tu mujer, que se habla mucho por ahí.

Gaitero: No has acertado.

Uno: La Gramática parda.

Gaitero: De eso sabes tú más que yo... El mejor libro es éste *(Enseña la bota)*

Albino: Por ahí tenías que salir, pellejo.

Gaitero: Mientras esté lleno de vino, cuanto mayor pellejo mejor.

Uno: Pero, ¿qué aprendes con ese libro?

Gaitero: Muchas cosas: a escribir, a dibujar, a pescar... y todas las ciencias y artes. Con ellas sé más que Aristóteles y Platón y cucharón.

Albino: ¿Cómo a escribir?

27

Gaitero: Pues ¿No veis que bien formo las equis con las dos piernas al andar, después de las lecciones de tan sabia maestra? Voy por una lección. *(Bebe)*

Uno: Que ahora no hay estrellas.

Gaitero: Si te burlas de mí las vas a ver tú, como en un eclipse, microbio.

Albino: ¿Y cómo te enseña la bota a dibujar?

Gaitero: Anda el majadero. Si juntaras las líneas que formo en la carretera desde Peñule a Villandio, formarías el dibujo más complicado del mundo... que me enseña a pescar ya lo entenderéis, porque cada merluza que cojo me dura un mes. Lo bueno, que no cojo más que una cada día... Voy por la segunda lección *(Bebe)* Vaya; ya he aprendido hoy bastante. No necesito más de la maestra. ¿Queréis saber lenguas? Beber. Yo hablo hasta el chino cuando bebo. Chu-chi, cho-che-cha. No me sale bien; es que no he bebido lo suficiente. *(Bebe)*

Albino: ¿No decías que tenías bastante?

Gaitero: Era para enseñaros el chino... *(A los hermanos)* Vosotros no sabéis nada *(Les saluda ridículamente)* ¿Queréis una lección?... *(Se oye ruido)* Ya me voy. *(Sale Alfredo del interior)*

Alfredo: No se les halla ninguna arma.

Albino: Yo voy a buscarlas *(Entra)*

Neópolo: ¿Habéis mirado bien?

Alfredo: Todo, todo.

Uno: Hay que romper los pisos. Tienen armas.

H. Bne: No necesitamos armas. Nuestras conquistas son incruentas. Ganamos los espíritus con la verdad, y los corazones con el amor.

Voces: Fuera, abajo, muera.

Escena VII
Niño, dichos

Niño: Quiero ver a mi Hermano.

Neópolo: *(Mimoso fingido)* Ven, pequeño, ven. ¿Qué quieres?

Niño: Me han dicho que van a matar a los hermanos, y vengo a dar al de mi clase la despedida.

Neópolo: ¿Veis? Así engañan, ganando a los niños a la superstición... *(Mimoso)* Ven, pequeñín. ¿Quién es tu maestro?

Niño: Éste *(Cae a los pies del hermano Victoriano)*

Neópolo: *(Arrancándole)* Fuera, mocoso. Este es tu mayor enemigo.

Niño: Nos enseña muy bien y nos quiere mucho.

Alfredo: *(Aparte)* Esto es para romper a un corazón de piedra.

Neópolo: Pero te ha pegado.

Niño: Nunca nos ha pegado; nos quiere mucho.

Neópolo: Os ponía de rodillas.

Niño: No nos castiga, nos enseña bien, nos quiere mucho. *(Llora)*

Neópolo: Os decía que no obedecierais a vuestros padres, porque no iban a misa.

Niño: No es verdad, nos enseñan a amar a nuestros padres, a todos, a todos. No nos hablan más que de amor.

Alfredo: *(Aparte)* No sé qué ráfaga de luz ilumina mi entendimiento.

Neópolo: *(Mimoso a la fuerza)* Bien, pequeñín; ya has visto a tu maestro; vete ya.

Niño: No les hagan nada. Si alguno les toca, será un malo, un criminal. Cuando nosotros seamos hombres no pasará esto. *(El niño se retira. Albino sale del colegio)*

Escena VIII
Albino, dichos

Albino: *(Saliendo)* Los grajos han sido previsores. No se encuentran armas.

Uno: ¿Habéis mirado bien?

Albino: Todo lo hemos revuelto, como las baratijas de un buhonero.

Otro: ¿Y no habéis hallado nada?

Albino: Nada.

Uno: Aquí perderemos el tiempo. Hay que acelerar el ritmo de la Revolución.

Otro: ¿A qué nos han traído aquí los jefes? Son unos idiotas.

Neópolo: El idiota serás tú. Cuida de lo que dices. Si no sientes la Revolución, ni amas la Libertad, márchate con las fascistas.

Voces: Que se vayan, que se vayan

Neópolo: Dejadle. Es un inconsciente.

Alfredo: Pero no se encuentran armas.

Neópolo: Es que las han escondido. Aquí se reunían los fascistas. Un día me abofeteó uno al salir de la reunión. *(Todos ríen)*. Sois unos inconscientes, no sabéis embriagaros con el vino de la Revolución.

Gaitero: *(Desde el fondo de la multitud)* Eh, tú, Rodolfo. Que tú ya sabes emborracharte. Cada merluza, diez arrobas.

Rodolfo: Las tuyas son como ballenas.

Gaitero: La tuya siempre va llena. Está *(Su bota)* macilenta, pobrecita.

Neópolo: *(Encolerizado)* Decididamente sois unos inconscientes. ¿Para esto ha venido la Revolución? ¡Arriba el proletariado!

Voces: ¡Hurra!

Neópolo: *(Aparte)* Ya son míos otra vez. *(Hiliéo sale con unas balas y un papel)*

Escena IX
Hiliéo, dichos

H. Cirilo: Había armas. Había armas. Ahí tenéis, los traidores.

Voces: ¡Fuera, fuera!

H. Cirilo: Calma. Hemos encontrado dos balas, señal de que tenían dos mil, dos millones.

Neópolo: El Comité sabía lo que hacía.

H. Augusto: Son dos balas que guardaba como recuerdo de mi servicio militar. *(Rumores)*

Hiliéo: *(Al pueblo)* Calma, calma. *(A los hermanos)* Ya veis que el pueblo no puede contener su indignación. Si no fuera por nosotros, ya os hubieran matado.

Uno: A buscar las demás.

H. Cirilo: No tenemos más. *(Rumores)*

Hiliéo: Calma, que aún traigo otra cosa... Aquí está la lista de los fascistas.

Voces: A por ellos

Hiliéo: Dejad hablar. El pueblo, que hoy se alza en un gesto varonil y retador, tiene que ser dueño de sí mismo, si quiere serlo de los demás.

Uno: Silencio.

Gaitero: Al que no se calle, le meto esta bota por la boca; que ya no tiene nada. Yo soy consciente.

Hiliéo: Decía que habíamos encontrado la lista de los fascistas.

H. Cirilo: No es la lista de los fascistas, es la de los jóvenes católicos. *(Rumores)*

Alfredo: *(Aparte)* Esto es un asco.

Uno: Si se enteran en otras partes de que perdemos el tiempo en estas tonterías se van a reír de nosotros.

Neópolo: Dices eso porque no tienes pecho revolucionario. *(Aparte a Hiliéo)* Hay que acabar enseguida.

Hiliéo: Que el carro de la Revolución siga su marcha. La jornada ha empezado gloriosamente, que no se interrumpa. En pie los conscientes, los rebeldes.

Voces: ¡Viva! ¡Viva!

Neópolo: Estos enemigos de la Revolución irán a la prisión hasta que el pueblo determine lo que hace con ellos. Pueblo, ¿tienes hambre? Hártate. Hoy eres tú el amo. Hoy eres tú autoridad.

Voces: ¡Hurra!

Hiliéo: Eres un jefe. En esta Comuna, yo, el marxismo, soy el brazo; tú, la masonería, eres el

cerebro. Juntos triunfaremos. *(A los hermanos)*
Camaradas: A la cárcel.

TELÓN

CUADRO SEGUNDO

Una sala amplia, que fue sala de comunidad de los
Hermanos, y que ahora lo es del Comité Revolucionario. Una
mesa, sillas. Un cartelón comunista. Un micrófono. Un
teléfono. En una pared se ve un cuadro religioso roto. Fuera, al
foro, por donde entran y salen los personajes, de vez en cuando
se ven pasar los guardias rojos, fusil al hombro.

Escena I
Rodolfo, Alfredo, se pasean

Alfredo: ¡Con qué ansias veía yo acercarse el día de la
Revolución! Tenía un hambre y una sed que
me daban una alta fiebre de emoción. Estaba
loco, borracho. Una corriente de fuego iba por
mis venas y encendía mis carnes y abrasaba mi
espíritu.

Rodolfo: ¿Y se apagan esos ardores?

Alfredo: No puedo mentirme; se van resfriando.
Hemos fracasado. Se me queman los labios al
decirlo, pero la verdad se impone. Hay que ser
honrado en el pensamiento como en las
acciones. La mentira es una deshonra. Yo no
puedo mentir ni mentirme.

Rodolfo: Tú eres un alma de una sola cara.

Alfredo: Y lo seré. Cuando yo veo la verdad, mi
verdad, no hay fuerza que pueda detenerme
marchando hacia ella.

Rodolfo: Por eso viniste a la Revolución.

Alfredo: Por eso y con toda el alma. Quiero la
libertad más que la vida. La tiranía me es más

aborrecible que la muerte. Antes que las cadenas, la pistola. Dentro de estas carnes gastadas por el trabajo, frugeladas por el hambre, quemadas por la fiebre, hay un espíritu que planea en invisibles regiones infinitas. ¡Libertad! ¡Libertad!

Rodolfo: Pero has hablado del hambre.

Alfredo: Si he hablado del hambre, pero el hambre sola no me hubiera llevado a la Revolución. Fue el hambre de justicia, el hambre de libertad, lo que puso el fusil en mis manos.

Rodolfo: Para los más, la Revolución es problema pucheril.

Alfredo: ¿Lo crees?

Rodolfo: Tú eres un iluminado, un místico de la Revolución. Vives en las regiones del ideal. Casi te iba a llamar iluso, loco.

Alfredo: Sí, sí; un iluso, un loco; ya lo voy viendo. Cuando yo leía el periódico u oía en el mitin, aquellas arrebatadas soflamas en favor de la libertad y de la justicia, de proscripción y befa del fascismo que esclaviza los cuerpos, y de la religión, que aherroja las almas, y de la burguesía, que vampiresamente chupa la sangre del proletariado, yo creía que sólo se buscaba eso: la libertad, la justicia... Pero ya veo cómo se ha robado, cómo se quiere vivir horas de orgía que debieran ser de austeridad, de honradez, de virtud ciudadana, puritana.

Rodolfo: Estás pesimista. ¿No ves al pueblo que nos sigue? Nosotros no podemos perder. Ellos van al frente, nosotros nos quedamos en casa bien guardados. Ellos podrán pasar hambre, nosotros gozaremos de una rica abastanza. Mientras ellos oigan los tableteos de las ametralladoras, nosotros oiremos el sonoro estampido de las botellas al descorcharse; si ellos caen muertos, coronados de humo, nosotros caeremos vencidos por los vapores del licor y coronados por el mirto de Baco. En último término, si se pierde la partida huiremos, aunque sea con dinero robado.

Alfredo: Me horroriza tu lenguaje. Eso es jugar con la conciencia del proletariado.

Rodolfo: Ya te dije que tú eres un iluminado, un místico de la Revolución... Hoy hay un problema serio... Serio a medias... se trata de acabar con los peores enemigos de la Comuna... los frailes.

Alfredo: En el registro no se les hallaron armas.

Rodolfo: Pero son frailes. Y lo quieren Hiliéo y Neópolo.

Alfredo: No se han metido con nadie.

Rodolfo: Pero son frailes. Y lo quieren Hiliéo y Neópolo.

Alfredo: Han enseñado con celo y desinterés.

Rodolfo: Pero son frailes, y lo quieren Hiliéo y Neópolo.

Alfredo: El pueblo los ama.

Rodolfo: Pero son frailes y lo quieren Hiliéo y Neópolo. Yo nada era, y a su lado soy algo. Mi pirrismo es interesado. Que todas las ventajas no se las lleven ellos.

Escena II
Dichos, Hiliéo.

Hiliéo: ¡Salud camaradas!

Rodolfo: Bravo, Hiliéo. Cuando entras en esta casa se respira un aire de optimismo que ensancha el pecho. Eres el brazo de la Comuna. Los hombres te siguen como al nuncio de la Victoria; olvida la palabra dicha; di el heraldo.

Hiliéo: Esto es hermoso. El carro de la Revolución marcha, marcha. Acabo de ir a despedir una leva de fusileros. Los camiones iban cargados de hombres, enrojecidos del lirismo libertario. Clamaban, cantaban, blasfemaban. Era el himno grandioso de la liberación. Los puños en alto parecían un bosque de mazas dispuesto a caer aplastador.

Alfredo: ¡Que grato el oírte! Hay almas todavía que sienten la santidad laica de la libertad. ¡Lástima que las cosas no vayan tan bien como la causa se merece! España está contra nosotros.

Rodolfo: Eres un derrotista. No sientes la vertebración del proletariado. El triunfo es nuestro.

Alfredo: Lo hubiera podido ser... pero Cataluña se entregó, las Vascongadas están sujetas, Madrid calla. De Castilla sólo vienen soldados para combatir.

Hiliéo: No permitiré que se hable así. Empiezo a pensar que eres un fascista encubierto. *(Sin tomarlo muy en serio)*

Alfredo: Si tuviera dos corazones, los dos serían para la libertad, pero no es posible cegarse. No triunfaremos.

Hiliéo: Calla; tú no sabes el entusiasmo que hay en el pueblo.

Alfredo: No basta el entusiasmo. Hay que organizar. Hay muchos que no son de la Revolución pero que esperan el ensayo, para ver de venir con nosotros. ¿Os dais cuenta de vuestro papel?

Rodolfo: Hablas demasiado seriamente. Lo tomas a lo trágico.

Alfredo: Es que peligran muchas cosas.

Hiliéo: Para los cobardes... que traigan una botella de champagne para celebrar el entusiasmo de los redimidos. El pueblo está en pie. *(Rodolfo sale a buscar la botella)*

Alfredo: Pero puede caer.

Hiliéo: Haces mal en dejarte ganar del pesimismo.

Alfredo: ¿Es que de verdad estás contento de cómo va esto?

Hiliéo: Para mí no va mal. ¿Hemos perdido algo? ¿No sentimos los apasionados goces de la venganza? ¿No está el Riego en la cárcel, y los frailes en capilla? ¡Ah, el goce de la venganza! La Revolución para los que están fuera de su órbita es impersonal; para muchos de dentro, para mí, es también personal. Tengo un orgullo herido y esa llaga se curará con sangre caliente... *(Entra Rodolfo con la botella)* Pero primero refresquemos la garganta con el dorado champagne.

Alfredo: Es que no hay champagne para todos.

Hiliéo: El pueblo no lo necesita; ya está harto, borracho, con el licor del frenesí libertario. El pueblo puede contentarse con palabras. *(Rodolfo descorcha la botella)* Grato estampido. Que los cañonazos no lleguen hasta aquí.

Rodolfo: Hiliéo, pon la copa. La espuma es lo mejor para la Revolución.

Hiliéo: *(Brindando)* Por el proletariado que riñe la batalla final. *(Alfredo está asqueado)*

Rodolfo: Y por el triunfo de tu venganza.

Escena III
Neópolo, dichos.

Neópolo: *(Viene de masón)* Es el momento de brindar, buen momento.

Hiliéo: Toma una copa y llénala del sabroso licor.

Neópolo: Yo no bebo sino de una botella que se descorche para mí. Eso que lo apuren esos dos. *(Rodolfo va a servir a Alfredo, pero este no acepta)*

Hiliéo: ¿Has visto el entusiasmo del proletariado?

Neópolo: Lo he visto. Un nuevo alborear ilumina al mundo. La masonería ha hallado en el marxismo un aliado poderoso. Los dos se completan. Las ideas de libertad y de humanidad han hecho del marxismo una doctrina cálida, Marx era demasiado frío. No son los problemas económicos los que apasionan al pueblo, son los problemas morales. Nosotros solos no hubiéramos podido vencer a la tradición. Los dos unidos hemos vencido a la Iglesia, el enemigo de la nueva civilización, que ha de ser libre como Luzbel, porque es soberbia como Luzbel.

Alfredo: Hablas mejor que Hiliéo. Tienes más espíritu de rebeldía.

Hiliéo: También he dicho que soy rebelde como Luzbel.

Rodolfo: Tu eres el cerebro de esta Comuna. Hiliéo es el brazo.

Hiliéo: Que traigan una botella de champagne para Neópolo. *(Rodolfo va a buscarla)*

Neópolo: Siento una felicidad satánica. El pueblo vuelve las espaldas a Cristo. Las hogueras de la inquisición se apagan para siempre y brilla la luz de la era de la Humanidad apoteosizada.

Rodolfo: Triunfa la Humanidad y triunfa tu orgullo noblemente sediento de venganza.

Neópolo: Sí; triunfa mi venganza. Los frailes morirán mañana.

Hiliéo: Mañana, mañana; dentro de pocas horas. Acabo de verlos en la prisión. Tristes, flácidos. Las almas asomadas a sus ojos escaldados.

Alfredo: ¿Rezarían el rosario?

Hiliéo: Sí, lo rezaban.

Alfredo: Poco daño nos han de hacer tan inocentes y minúsculas balas.

Hiliéo: Miraban como pidiendo piedad.

Neópolo: Para ellos no habrá ni la piedad de la masonería, que a todos abarca, en un panfilismo vago y sin lindes, como las nieblas frías de nuestros valles. *(Entra Rodolfo con la botella y descorcha)*

Hiliéo: Tengo sed de la mayor venganza. Pero como sería mucha borrachera, hoy caerán los frailes;

41

otro día Riego, el amo, el tirano. Brindemos ante el placer de la venganza.

Neópolo: Brindemos ante la muerte de los frailes, es la alegría de Satán.

Alfredo: Ni una palabra para el pueblo que pelea y que muere. Todos los problemas los empequeñecéis al medirlos con el módulo de vuestro minúsculo personalismo. No buscáis vengar al proletariado; os vengáis a vosotros. No queréis levantar al pueblo, queréis serviros de él como de escabel.

Hiliéo: Empiezas a amoscarte. Tú eres un traidor.

Alfredo: Si fuera un traidor te adularía. *(Llaman al teléfono que coge Hiliéo)*

Hiliéo: ¡Camarada!... *(Aparte)* Es del economato *(A los otros)* ¿Qué no hay subsistencias?... No hay más; ¿se ha robado, digo, confiscado todo?... Bueno, limita los vales... Mándanos treinta kilos de carne... Para el Comité no puede faltar, mándalo enseguida. Lo demás arréglalo.

Alfredo: *(Aparte)* Con que desenfado se tratan las cosas serias. El pueblo que se muera de hambre. No hay organización. Esto es una farsa sangrienta.

Hiliéo: *(Con la copa de champagne)*. Después de este trago, el de la venganza más fuerte, más espiritoso... *(Bebe)* Que traigan a los frailes que se les va a juzgar.

Neópolo: Juzgados los tenemos. El día que los jóvenes católicos me abofetearon, al pasar por delante de esa puerta, condenados fueron para mí. Odio religioso y odio de venganza; dos torrentes que, al juntarse, forman en mi alma

42

un mar agitado, en que han de anegarse sus vidas. ¡Pobres frailes! No sabían que Satán finge sonrisas, pero solo tiene hieles. No conocían que la masonería lo puede todo.

Hiliéo: Ayudada del proletariado. Yo también tengo con los frailes una cuenta que han de saldar con su vida. Todos los sabéis. Yo conseguí que llegara una inspección del Estado, que ordenó de quitar sus textos. No se sometieron. Yo conseguí encerrar a su director en la cárcel, por empeñarse en llevar los chicos a misa, como en una formación fascista. Aún hierve la sangre en mis venas recordando aquellas horas. El fraile fue a Riego. Riego me llamaba a mí. Tuvimos una lucha cuerpo a cuerpo. El patrono amenazaba con gritos, con gestos descompasados; yo me erguía en mi dignidad. ¡Qué satisfacción sentirse fuerte ante un burgués! Y era fuerte, porque los obreros me apoyaban. Riego, el monárquico, el tirano, me condenó a subir de piso en la mina. Pero él y los frailes lo pagarán bien caro. Hoy, hoy mismo… Otra vez; brindemos por el placer de la venganza y por el triunfo sobre la tiranía negra.

Neópolo: Otra vez; levantemos la copa por el triunfo de la irreligión.

Escena IV
Albino, dichos.

Albino: *(Albino es un soldado de la Revolución)* ¡Salud, camaradas! Con la copa en la mano. No, no; un fusil. La Revolución está en peligro. Los soldados de España son valientes. Yo no hubiera creído que permanecieran fieles a su puesto. Nos han desbaratado los planes. Oviedo está a punto de caer.

Hiliéo: ¿Y qué van a hacer los nuestros?

Albino: Luchar como leones. Un ardor épico inflama todos los espíritus. La musa desgreñada de la Revolución recorre invisible las líneas y pone en cada pecho revolucionario una ráfaga de la hoguera que incendiará el mundo. Oviedo es un campo de llamas. La Catedral está herida de balazos, que son como salivazos de la Revolución en la cara de la Religión. El Instituto arde, la Universidad arde, el teatro Campoamor arde, la Audiencia arde, la calle de Fruela **(*)** arde. Desde el monte Naranco la Ciudad parece un inmenso campo de llamas cuyas lenguas suben al cielo para enrojecerlo con los ardores épicos de la Revolución. Orgía, destrucción, locura de ruinas, fiebre de muerte.

Hiliéo: ¡Bravo por los nuestros!

Albino: Los trenes mineros siguen llegando. Pero España es más fuerte que nosotros... no, no podemos triunfar.

(*) En el texto, calle de Trueba (Bilbao), referida a Antonio de Trueba y de la Quintana, *Antón el de los Cantares*.

44

Hiliéo: Tú eres un traidor. Tú vienes a comprarnos.

Albino: ¿Yo traidor? No admito ese insulto. En este Colegio aprendí. Uno de los frailes se interesó por mí, para darme un puesto, porque mi padre había muerto. Yo me emancipé, comprendí que debía ser revolucionario y me lancé. Renegué de mi bienhechor, renegué de mi niñez, y yo, hijo de un guardia civil, lo primero que hice fue matar a un guardia civil. Ahora vengo del campo de batalla, donde he dejado muchos cuerpos fríos. Eso he hecho por la Revolución. ¿Y vosotros qué habéis hecho?

Alfredo: Has hablado bien. Yo quiero marchar contigo. Cada vez me parecen más despreciables los que llevan a la revuelta y beben champagne.

Albino: El pueblo empieza a desconfiar. Los aeroplanos han lanzado una hoja intimando al pueblo, incitándoles a la sumisión. Los Comités socialistas hablan de huir.

Alfredo: Hay que calmar la opinión.

Hiliéo: Ahora mismo acudo al remedio. *(Hiliéo se acerca al micrófono)* ¡Camaradas, ciudadanos!; Unión Radio Barcelona. La Revolución sigue su camino triunfal. No hay poder contra su empuje arrollador. Oviedo está en nuestras manos. Cataluña se ha declarado República independiente. Las Vascongadas, Galicia y Valencia siguen su ejemplo. Los extremeños, acaudillados por la camarada Kent están a las puertas de Madrid. Son ya "sesenta y dos" las provincias que han secundado el movimiento. ¡Pueblo a la victoria! ¡Salud y Revolución!

Neópolo: Enorme. Has estado colosal.

Alfredo: ¡Qué asco! *(Se va malhumorado)*

Hiliéo: *(Deteniéndole)* ¿Dónde vas?

Alfredo: A decir al pueblo que esto es una canallada.

Neópolo: ¿Con qué nos acusarás?

Alfredo: Con esta botella. Mientras el pueblo lucha, vosotros no tratáis más que de emborracharos y de satisfacer vuestras venganzas. ¡Qué lo sepa el pueblo! *(A Albino)* Vamos. *(Sale)*.

Rodolfo: ¡Pobre soñador! Un iluminado. Un místico de la Revolución.

Hiliéo: ¡Se fue el infeliz!

Rodolfo: Sí, lleva la cabeza como una jaula y el corazón como un volcán. *(Hiliéo y Neópolo hablan aparte. Entra el Gaitero)*.

Escena V
El Gaitero, dichos

Rodolfo: Ya me extrañaba que no viniese el Gaitero.

Gaitero: He oído hablar tanto, que he supuesto que no dejaría de llover.

Rodolfo: ¿Tienes necesidad de lluvia?

Gaitero: Tengo el huerto sequísimo, con unas grietas por las que cabe un tonel. *(Abre la boca)* Mira si son grandes.

Rodolfo: Menuda boca, parece el pozo de la Rabaldana.

Gaitero: Más hondo y más profundo; pero de aquél hay que sacar agua, y en éste hay que meter vino.

Rodolfo: ¿Y si no se metiera?

Gaitero: Entonces una explosión que ni las de grisú.

Rodolfo: Pues esta vez habrá explosión. No hay nada para el Gaitero.

Gaitero: Eso ni en broma. Porque sin la gaita del Gaitero, la Revolución fracasa. Ahora mismo digo que la Revolución es la Caraba, los jefes la carabina de Ambrosio, y los revolucionarios los carabos, digo los abisinios.

Rodolfo: Si es por eso, toma. *(Le alarga la copa de champagne)*

Gaitero:

> Dulce licor de las cepas,
> nacido de verdes matas,
> tú me vendes, tú me matas,
> tú me llenas de placer.
> Tú produces el delirio,
> tú los ingenios aguzas
> tú pescas unas merluzas
> que es lo que se puede ver.
> No mires la obscuridad
> del camino sinuoso.
> Entre el licor espumoso
> con toda tranquilidad.

Buenas noches. *(Bebe)*

Rodolfo: ¡Qué chistoso!

Gaitero: ¡Qué dulce felicidad!

Rodolfo: ¿Qué has visto por ahí?

Gaitero: Todos los astros; todas las estrellas: la osa mayor, la osa menor; todas las osas. Una visión deleitada. La embriaguez es el sueño mejor de los sueños.

Rodolfo: Digo por la calle.

Gaitero: Mucha agua. ¡Qué pena! Da asco que llueva.

Rodolfo: ¿Por qué te marchas?

Gaitero: Eres un idiota; por que debiera llover vino.

Hiliéo: ¿Queda algo en las botellas?

Gaitero: Sácalo de aquí. *(Su estómago)* Con una bomba, pero no de esas que tiran los románticos. *(Vienen los hermanos con su hábito religioso. Dos guardias rojos los escoltan)*

Escena VI
Neópolo, Hiliéo, Rodolfo, Hermanos

Neópolo: *(Irónico)* Entren los reverendos hermanos. ¡Qué humildes vienen los pobrecitos!

Rodolfo: Perdonen que no les bese las manos.

Neópolo: Los hipócritas.

Hiliéo: Los enemigos del pueblo.

Rodolfo: Los búhos del sol de la cultura.

Neópolo: Nobles golondrinas de cuello blanco. ¿Quién os iba a decir que vendríais a estos extremos?

Hiliéo: ¿Dónde está ahora Rafa I que no os viene en ayuda?

Rodolfo: ¿Dónde está el Rey de las pulgas y el Conde de Villalón, que así os abandonan a nuestras manos?

Hiliéo: Ved que valientes son los fascistas en quienes confiabais.

Neópolo: Calláis. No tenéis valor para levantar esa cabeza llena de supersticiones y de fanatismo. Sois la lepra más asquerosa del pueblo. Sois la peor de las plagas de una Humanidad redimida. Tenéis las almas negras, como vuestros hábitos. Sembráis el mal en las almas de los niños, y os complacéis en ello. Terminó vuestra tiranía. Terminó vuestra sementera de hedionda creencia. Infames, habéis querido hacer santas unas cadenas que son el exponente de vuestra incultura, de vuestro corazón, de vuestra maldad. La noche de la Religión acaba. Amanece, esplendorosa, la aurora de la libertad. Vosotros no la veréis. Vais a regar con vuestra sangre a este pueblo que habéis embrutecido, tiranizado, manchado. Sois símbolos de una religión proscrita y, en nombre de esa religión, vais a morir en las iras de mi venganza... *(Constituyendo el tribunal)* Hiliéo, a mi derecha; Rodolfo, a la izquierda. Los dos no bastamos, pero tu harás de testigo estando en el tribunal.

Gaitero: Y yo sobro, y me llevo lo que sobra. *(Se lleva una botella)*

Neópolo: Como sois muchos, y el interrogatorio sería largo, sean para todos las mismas preguntas... Poneos de pie. *(Los hermanos se ponen)* ¿No es verdad que sois miembros de la Iglesia Católica, enemiga de la libertad?

H. Cirilo: Católicos somos, distinguidos entre los católicos con la profesión religiosa. El que la

49

Iglesia sea enemiga de la libertad es un error. Fue el cristianismo quien trajo ese valor al mundo, o por lo menos quien ensanchó dilatadamente sus fronteras.

Hiliéo: ¡Hola! ¡Hola! Aún teníamos que oír tales falacias de vosotros; sois mercaderes de la mentira. La Iglesia Católica ha sido siempre una fragua de odio, donde se han forjado las cadenas de la esclavitud de los pueblos.

H. Cirilo: La Iglesia Católica manumitió a los siervos, redimió a los hombres de behetría, amparó las libertades de los Comunes. Blasfemáis de lo que no sabéis. Os habéis encerrado en un círculo de hielo, y no es posible el que os llegue un rayo de amor.

Neópolo: Calla, infame. No profanes esa palabra. Vosotros que no tenéis amor, que no podéis mirar a una mujer, que no queréis tener hijos, o decís que no queréis tenerlos. ¿Vosotros hablar del amor? Nosotros sí, pues queremos el amor libre.

H. Cirilo: ¿Pero el amor libre es amor? ¡Como adulteráis lo más bello! Vuestro amor puede tenerlo el perro y el garañón; el nuestro es posible a los ángeles.

Hiliéo: Cortemos el diálogo. Estos son hábiles zurcidores de sofismas. Hay una razón para condenarlos a muerte: son enemigos del pueblo, son fascistas, son aliados y defensores del capitalista.

H. Ben: Nada tenemos que ver con el capitalismo. La mayor parte venimos de familias humildes, y no tememos confesarlo. Somos fascistas, si por fascismo entendéis el orden, la moralidad, la religión. Y no somos enemigos del pueblo; antes, por su bien, damos los goces de la vida y la vida misma.

Hiliéo: Pero cortáis sus esperanzas, lo esclavizáis, lo tiranizáis, lo enfangáis con vuestra enseñanza religiosa.

H. Ben: ¿Esclavizamos a los que enseñamos a leer; a los que preparamos para ganarse la vida?

Hiliéo: Hablo de vuestra enseñanza religiosa.

H. Cirilo: Ah, entonces nada que decir tenemos. Somos los enviados de Dios, y llevamos a las almas la luz indefectible y eterna.

H. Ben: Esa luz es la redención de los pueblos. El bálsamo de sus heridas, consuelo de sus penas, la esperanza de su desesperación, la vida de su muerte.

Hiliéo: Trae una botella, para que brindemos ante tanta elocuencia.

Neópolo: Elocuente, muy elocuente; de tanto repetirlo a los niños, lo sabéis de memoria

H. Ben.: No lo llevamos en los labios, lo llevamos en el corazón, y contentos moriremos por confesarlo.

Neópolo: *(Irónico)* Enhorabuena. Lo conseguiréis. Ahora vamos a brindar por vuestro triunfo. *(Se oye el coro de niños cantar)*

¡Tenemos alas de ángel,
para volar a Dios!
¡Qué hermosa es la doctrina,
que sabe a pan de amor!

(Hay silencio en la escena. Honda emoción. El hermano Victoriano no puede contenerse y llora)

H. Victoriano: ¿Lo oís? Son los niños. Nuestros tesoros, nuestro cariño. No tenéis derecho a profanar sus almas llenándolas de la sangre del crimen, del fango de la Revolución, de las lágrimas del desconsuelo y de la irredención.

Hiliéo: ¡Calla infame!

H. Cirilo: Callemos todos, que la armonía de plata del canto infantil venga como soplo del cielo a perfumar esta escena que huele a odio, que es peor que la muerte. *(Silencio)*

Las llamas de los odios
tenemos que apagar;
los hombres son hermanos,
que Dios nos manda amar.

H. Victoriano: Eso, eso es lo que les enseñamos; la fe y el amor, que solo son verdaderos en la religión.

Hiliéo: *(Airado)* Y por eso se os va a matar.

Escena VII
Alfredo, dichos

Alfredo: ¿Qué hacéis aquí? La Revolución va calmándose. No hay espíritu, no hay organización. *(Irónico)* ¡Ah, pero ya comprendo! Matando a estos pobres frailes, ya resolvéis los problemas. Con ello, tendréis armas y víveres.

La Revolución se alzó para eso, para condenar a unas pobres víctimas inocentes e inermes.

Hiliéo: ¿Inocentes has dicho? Son los enemigos del pueblo, los aliados del capitalismo, son los fascistas.

Alfredo: Ellos han enseñado a leer a mis hijos; ellos cobran de la empresa, como uno cualquiera de los empleados. ¿Dónde su odio al pueblo? ¿Dónde su capitalismo? ¿Quién puede decir, en serio, que son fascistas?

Hiliéo: Los defiendes y no crees en lo que representan.

Alfredo: Dos cosas distintas. ¿No queremos la libertad? Pues, ¿qué libertad es la vuestra que impide la libertad?

Neópolo: Leo que estás vendido. Eres un supersticioso, un traidor.

Alfredo: Todo el que os contradice está vendido, es un traidor. Es un modo de pensar muy barato y muy cómodo; no soy supersticioso, pero, si lo fuera, seguiría una verdad definida, y no una verdad invertebrada como tu idea. *(A Neópolo)*

Rodolfo: Fuera, fuera el traidor.

Alfredo: Ya me iré, sin que me echéis. En vez de encontraros con las armas al hombro, os hallo entre unos cascos de botellas, y condenando a muerte a unos bienhechores del pueblo. Adiós, también esto lo sabrá el pueblo. *(Saliendo)* ¡Qué asco!

Escena VIII
Eusebia a la puerta, dichos

Hiliéo: *(Saliendo a la puerta)* ¿Qué pasa, que hay tanto ruido? *(Airado)* Aquí sólo manda el Comité. Rodolfo vete a ver qué es. *(Volviéndose a sentar. Irónico)* Acaso sea Rafa I, que viene a salvar a sus secuaces. *(Aumenta el ruido)*

Neópolo: Esto se hace pesado. Dada la sentencia, que se ejecute. Yo no vuelvo por aquí. Es cosa vuestra. Prudencia en la elección de los escopeteros. Que el pueblo nada llegue a saber. *(Entra Rodolfo)*

Escena IX
Dichos, mujer a la puerta.

Hiliéo: Pero ¿qué pasa?

Rodolfo: Una mujer que quiere presentarse al Comité.

Hiliéo: ¿Es guapa y joven?

Rodolfo: Viene de luto y llora.

Hiliéo: Que se marche. Aquí no necesitamos mujeres que lloren, sino hombres que luchen.

Rodolfo: Se empeña en pasar.

Hiliéo: Que se impida como sea.

Eusebia: No podrás impedir el que te hable. *(Hiliéo va a la puerta)*

Hiliéo: ¿Qué quieres?

Eusebia: Hablar al Comité.

Hiliéo: ¿Para qué?

Eusebia: Para que me oiga.

Hiliéo: Ya te oye, ¿qué quieres?

Eusebia: Que dejéis ir libres a los hermanos.

Hiliéo: Ja, ja, ja. Una beata. Quitadla de aquí.

Eusebia: Me quitarás muerta, no viva. Dejad a los hermanos. El pueblo los quiere. Con nadie se han metido. Son inocentes. No tienen armas.

Neópolo: Tendrá algo con alguno de ellos.

Eusebia: Esas sugerencias infames no me arredrarán. Todos no somos iguales. Si los matarais seriáis crueles, ingratos, cobardes.

Neópolo: Ahora insultas tú.

Eusebia: Enfádate con tu conciencia, y no conmigo.

Hiliéo: ¿Quién eres tú para decir esas cosas?

Eusebia: Una madre que sabe lo que es la felicidad de sus hijos. Una madre agradecida. Una madre de corazón, como lo son todas las madres. Si las vuestras resucitaran, y os vieran condenar a estos hermanos, llorarían lágrimas de sangre y os maldecirían... Yo, en nombre de todas las madres, en nombre de vuestra madre, os maldigo... Ahora echadme, matadme.

Neópolo: Quitad a esa ilusa.

Hiliéo: Arrojad a esa perra. *(Se oye el canto de los niños)*

> Tenemos alas de ángel
> para volar a Dios.
> ¡Qué hermosa es la doctrina,
> que sabe a pan de amor!

Hiliéo: Yo creía que me sería más fácil la venganza. Me empieza a cargar.

Neópolo: ¿Tiembla tu brazo?

Hiliéo: *(Riendo a la fuerza)* Ja, ja, ja. ¿Yo miedo? El placer de la venganza me podría hacer valiente, pero ya lo soy. *(Irónico a los hermanos)* Ya veis, las mujeres vienen a rogar. Las cuentas del rosario son balas para el demonio, no para el marxismo impecable.

Neópolo: Ni para la masonería... Esto se acabó. Que mueran a la una de la mañana, cuando el pueblo no pueda enterarse. Yo ya dije que no volveré por aquí. Discreción y valor. *(Se retira)*

Escena X
Hiliéo, los hermanos

Hiliéo: *(Irónico)* ¡Valor! Ya vais a alcanzar el cielo. Pero, ¿qué hará Rafa I, que no viene? El también irá al cielo. Por lo menos yo me encargo de darle el pasaporte. En forma de unas balas... ¿Conocéis estos sellos?... Si son los del colegio, los vuestros. Ellos van a firmar vuestra sentencia. *(Escribe. Se oye el coro)*

Las llamas de los odios
tenemos que apagar.
Los hombres son hermanos
que Dios nos manda amar.

Os voy a leer el escrito para que os enteréis. *(Leyendo)* Que esta noche, a las once, se presenten, ante el Comité, los camaradas que se nombran en este bando, porque se les va a encomendar un asunto de muchísimo interés para el triunfo de la Revolución. Salud y

Revolución. El Comité. Rodolfo, lleva este decreto, y que se fija en la puerta. *(Sale Rodolfo)* Ahora, en filas de a dos, como mandabais a los chicos, cuando los llevabais a misa. *(Irónico)* Enhorabuena. Iréis pronto al cielo.

H. Cirilo: Estamos contentos con nuestra suerte.

Hiliéo: En marcha, os acompañarán a la prisión.

TELÓN

CUADRO TERCERO

*Un local estrecho y largo. Es una clase de la casa del Pueblo.
En las mesas están malhechados los mártires. El foro da a un
comedor iluminado. La escena está casi a oscuras. La puerta
da al corredor.*

Escena I
Hermano Cirilo. Los demás dormidos

H. Cirilo: Aún pueden dormir. Sus almas viven en una zona tan alta de paz que no pueden llegar allí los vientos huracanados de la guerra. Siete jóvenes. Siete flores cortadas de la tierra para transportarlas al cielo. Dios mío, ¿qué méritos tengo yo para escogerme como capitán de esta gloriosa pléyade? Si no temiera que se despertasen iría de uno en uno besando sus carnes que luego florecerán con la luz del martirio. *(El Hno. Marciano se despierta)* ¿No podéis dormir?

H. Marciano: Algo inquieto estoy.

H. Cirilo: No temáis. Aunque la carne es flaca, el espíritu está pronto. ¿No es verdad que sois dichosos?

H. Marciano: Sí, con dicha interna. ¿Qué hora es?

H. Cirilo: Han dado las doce. Aún podéis dormir antes de que amanezca *(Aparte)* el día eterno. *(El hermano Marciano cae dormido)*. Dios mío, corona tu obra. Sostennos *(Entra Alfredo)*

59

Escena II

Alfredo, dichos

Alfredo: Perdonen, si les he despertado... No tenga usted miedo... Era un revolucionario, ya no lo soy... digo ya casi no lo soy... Vengo a pedirle un rayo de luz.

H. Cirilo: ¿Quién es usted?

Alfredo: Se lo he dicho ya. Mi nombre nada importa. Amo la verdad y la busco.

H. Cirilo: Si usted la busca y la ama, no tenga usted la menor duda que la hallara. La verdad no se esconde, antes sale al encuentro de los hombres.

Alfredo: ¿Y cómo conocerla?

H. Cirilo: ¿Cómo conoce usted dónde hay sol?

Alfredo: Por el calor, por la fecundidad, por la vida.

H. Cirilo: Pues no lo dude usted, la verdad está donde está el amor, que es el calor de las llamas, la fuente de su fecundidad, la vida de su vida.

Alfredo: Empiezo a ver en claro.

H. Cirilo: Abra los balcones de su espíritu al amor, pues la verdad le viene por él, Dios le ha dado a usted un alma selecta, capaz de enamorarse de la verdad. Abrácela. De su abrazo le vendrá a usted la felicidad.

Alfredo: ¡Qué hermoso lenguaje! Verdad, amor, felicidad. Tenía que oír estas palabras que parecen de un idioma celeste. Ellos no hablan nunca así.

H. Cirilo: Déjelos a ellos. Piense en usted...Oiga su conciencia. La redención de su alma quiere venir a usted por el camino de oro y de luz... del amor.

Alfredo: Casi iba a decir que creo.

H. Cirilo: No; diga usted antes que ama. Ame y creerá.

Alfredo: *(Exaltado)* Sí, amo mucho; a todos menos a los que me hicieron desgraciado.

H. Cirilo: No. Así no puede usted creer; tiene que amar a todos, a todos.

Alfredo: *(Con esfuerzo)* Sí, sí a todos a todos... Creo, creo. Veo la verdad que ha venido en la carroza del amor.

H. Cirilo: Con la verdad y el amor le vendrá la felicidad. *(El hermano Aniceto soñando)*

H. Aniceto: ¡Qué dicha divina! ¿Cuándo se romperán estos velos carnales para anegarme en la verdad?

H. Cirilo: ¿Lo ve usted? No piensa ni en el tormento ni en el atormentador. ¿Quién es más libre, él o el que le condena? ¿Quién es más feliz, él o el que le persigue?

Alfredo: ¡Oh, libertad en la que no había soñado! ¡Oh, felicidad que aventaja a todos los goces de la vida!

H. Victoriano: Niños, amad a vuestros padres, amad a vuestros compañeros, a todos los hombres; el amor cambiará la suerte de la tierra. Amor, amor, amor.

Alfredo: Todos lo mismo. Amor, verdad, felicidad... Ah sí; ya comprendo que la verdad no puede estar en la hoz que corta, ni en el martillo que tritura, sino en la Cruz, brazos abiertos, donde muere el Amor, que es la Verdad.

H. Cirilo: Así es. Ve a Cristo, el ósculo de la reconciliación. *(Le da a besar el Crucifijo)*

Alfredo: Amor, verdad, felicidad.

H. Cirilo: Se oye ruido *(Un enmascarado se asoma por la ventana)*

Escena III
Enmascarado, dichos

Enmascarado: No se asuste. Soy un amigo. Vengo a salvarles. Hay prisa.

Alfredo: Has venido a turbar una felicidad inefable.

Enmascarado: Es cuestión de minutos. Los escopeteros se acercan. Deprisa, deprisa.

H. Benito: Coro de ángeles nos esperan con inaccesibles palmas.

H. Cirilo: Ve usted. Sueña en el cielo en la felicidad eterna. Se oye ruido. Sálvese, Alfredo.

Alfredo: No; yo con ustedes.

H. Cirilo: No, no; sálvese. *(Se oye ruido y saludos. El enmascarado desaparece)*

Alfredo: *(Marchando)* Aún no amo bastante para merecer el martirio.

Escena IV
Rodolfo, dichos

Rodolfo: *(Viene borracho)* ¡Buenas noches, pajarracos de mal agüero! Si llevarais en el estómago el coñac y el champagne que llevo yo, no dormiríais... Ni contestar a las buenas noches.

Cada día debía de haber una fiesta como la de hoy. Esto es bueno, excelente... ¿Pero no os despertáis?

H. Cirilo: Por favor, calle; déjeles que duerman.

Rodolfo: Ya tendrán tiempo de dormir... en el cementerio... si les dejan los gusanos.

H. Cirilo: Déjelos. Sueñan quizás entre vientos de palmas y laureles, cosas divinas.

Rodolfo: ¿Pero está usted tan borracho como yo?

Escena V
Albino, dichos

Albino: *(Desde la puerta)* ¿Qué haces aquí, mostrenco? Lleva esa pítima fuera.

Rodolfo: ¿Y tú no has bebido? Yo he llenado muchas veces tu vaso.

Albino: Pero lo bebías tú.

Rodolfo: Cuando volvías la cabeza.

Albino: Lo hacía adrede. Porque yo no quiero emborracharme sino con el vino de la Revolución. Vosotros, los que no sentís la belleza brutalmente dramática del momento, tenéis que embriagaros con licores.

Rodolfo: Míralos que pronto irán para no volver. Están dormidos. *(Albino entra)*

Albino: *(Aparte)* Un ser invisible me ahoga el pecho. *(Alto)* Camarada, fuera están los escopeteros y el champagne espumea tentador.

Rodolfo: Mientes.

Albino: Yo no miento nunca.

Rodolfo: Adiós.

Escena VI
Albino, hermanos dormidos

Albino: Quería estar solo. Una losa de plomo aplasta mi conciencia... Míralos. Duermen... Una sonrisa de paz y de amor baña sus rostros... Así eran los que me educaron... Buenos, amables... Es un crimen matarlos. *(Reaccionando)* ¿Pero no soy revolucionario? ¿Qué es esto que me oprime, me debilita, me vence?... Ahora, cuando tengo las manos rojas de sangre, de sangre de guardia civil, como la que llevó mi padre, ¿ahora volver atrás? ¡Qué lucha! ¿Por qué suerte infausta me lleva a estos extremos? ¿Por qué he de ser yo, un discípulo a quien los Hermanos amaron con predilección, quien forme parte del pelotón asesino? ¡Horror! ¡horror! Yo quiero besar ese hábito que en los días felices de mi infancia me envolvió de cariño. Yo quiero besar esas manos que tantas veces me acariciaron... *(Transición)* Pero no; soy un revolucionario. La Revolución no tiene gratitud, no tiene entrañas. ¡Qué duerman! ¡qué mueran!... Pero, ¿qué he dicho? Maldita Revolución que así embruteces y degradas y corrompes. Que el beso de los labios purifique mi corazón. *(Va a acercarse a besar el hábito del hermano Cirilo)*
H. Cirilo: ¿Qué queréis?
Albino: Besar vuestro hábito.
H. Cirilo: ¿Quién sois?
Albino: Quien os va a matar.

H. Cirilo: No beses sólo mi hábito, bésame a mí también. *(Albino lo va a hacer)*

Escena VII
Rodolfo, dichos.

Rodolfo: *(A la puerta inquieto)* ¿Robando a los dormidos?

Albino: Sí; robando a estos hombres el único tesoro que tienen: el amor. *(Al hermano Cirilo)* No me maldigáis al caer; maldecid a la Revolución.

H. Cirilo: No sabemos el verbo maldecir.

Albino: ¿Me bendeciréis?

H. Cirilo: Le bendeciremos. *(Albino toma el hábito para besarle. Rodolfo vuelve a pasar)*

Rodolfo: ¿Estás confesándote?

Albino: Quizás; pero la penitencia te la vas a llevar tú, beodo.

Rodolfo: No me mandes tomar agua bendita; coñac sí, aunque sea bendecido por el obispo.

Albino: ¿Aún no has bebido bastante?

Rodolfo: Aún puedo beberme la sangre de ocho hombres. Tú ya no pareces tan bravo. Abajo decían que no te atreves a matar a los frailes. Que tirarás al aire.

Albino: ¿Yo al aire? Al corazón, al corazón. Voy a ver quién dice que tiraré al aire. *(Albino sale)*

Rodolfo: Otro místico de la Revolución. No son hombres prácticos

Escena VIII
Rodolfo y el Gaitero. A la puerta, hermanos
dormidos

Gaitero: *(Viene con su bota)* Siempre me he de encontrar contigo. Como dos ríos que se juntan en el mar. ¡Qué poca luz!

Rodolfo: Tú bien alumbrado estás.

Gaitero: Dijo la sartén al cazo: quítate de ahí que me tiznas.

Rodolfo: ¿Y a qué vienes?

Gaitero: A pescar. Vi el río revuelto que me dije: a río revuelto, ganancia de pescadores.

Rodolfo: Tú eres un hombre práctico.

Gaitero: A la verdad, que no sé cómo hay hombres que van a matar. Yo ni siquiera puedo matar el hambre.

Rodolfo: Pero la sed, sí.

Gaitero: ¿A qué no sabes por qué me llaman el Gaitero... ¿Ves? ¿No lo sabes? Porque esta es mi gaita *(Por la bota. Imita canturreando)* ¿Y en que se parece a una gaita?

Rodolfo: En que tiene una tripa.

Gaitero: ¡Qué idiota eres! En que solo suena bien si está llena. Oye, ¿en qué me parezco yo a la máquina del tren?...

Rodolfo: En que la mina marcha con el agua y tú con el vino.

Gaitero: Ya te dije que eres un idiota. En eso nos diferenciamos. Y digo en qué nos parecemos.

Rodolfo: Pues...

Gaitero: En que los dos vamos diciendo: echa-mucho, echa-mucho *(imitando al ruido del émbolo)*

Rodolfo: Ya veo que sabes hacer chistes. Pero, ¿no decías que ibas a pescar?

Gaitero: Claro.

Rodolfo: ¿Qué modo de pescar te gusta más?

Gaitero: Con caña.

Rodolfo: ¿Y qué pescado?

Gaitero: Merluzas... Con caña se coge merluzas de arroba, y si no pregunta a mi mujer... o a la tuya. ¿En qué me parezco a Marcelino?

Rodolfo: ¿Domingo?

Gaitero: No... ¿conoces al 'Pulpo', que tiene dos burros, mujer e hijo? Pues, ¿en qué me parezco al hijo?

Rodolfo: En que eres un burro. Dijiste que aquel era un burro.

Gaitero: Decididamente eres un idiota. Dije que tenía dos burros, mujer e hijo.

Rodolfo: Lo que te entendí.

Gaitero: Pues mira. En que Marcelino fue a por vino, rompió el jarro en el camino. ¡pobre jarro, pobre vino! Pobre.... de Marcelino.

Rodolfo: Oye, ¡has visto quiénes duermen ahí?

Gaitero: Si no veo nada. Voy a ver si me alumbro. *(Bebe)*

Rodolfo: Ya ha acabado el ruido de abajo. Vamos a limpiar los cascos.

Gaitero: Todo es servir a la Revolución, aunque sea limpiando botellas. *(Se retiran. Hay un momento de silencio)*

Escena IX
Hiliéo, hermanos

Hiliéo: ¡Y duermen! Pobrecitos... ¡Arriba! Harto habéis dormido y tiempo tendréis de dormir... Poneos aquí delante... La Revolución es humanitaria. Merecíais la muerte, pero la nueva Humanidad no quiere, no quiere nacer en un charco de sangre. Somos más generosos que vosotros. Vosotros odiáis, matáis. Habéis hecho de la Historia un río de sangre en que ha ido anegándose el proletariado. Nosotros inauguramos el día de paz y del amor. La Humanidad será feliz. Os digo esto porque se os ha cambiado la pena... Iréis al frente, a combatir por la Revolución. Pero iréis sin armas. Digo, ya veremos. ¿Sabéis manejar alguna?

H. Cirilo: Nuestras armas: la verdad y el amor.

Hiliéo: Burlas no, sabéis de que armas hablo.

H. Cirilo: No tenemos otras.

Hiliéo: Iréis ante los nuestros, para que, al veros, los traidores al pueblo no disparen. Vuelvo enseguida.

Escena X
Los hermanos solos

La escena se ilumina

H. Cirilo: ¡Aleluya! Alegrémonos. Es el día del Señor... No nos dejemos engañar de sus palabras. Vamos a la muerte...

H. Bn: No, vamos a la vida; y sabremos ir con gozo pascual.

H. Cirilo: Por eso decía, aleluya, alegrémonos. Los ángeles tejen ya las coronas, y las orquestas de los cielos preludian el himno triunfal.

H. Aniceto: El himno que he oído en mi sueño. Jamás habían recreado mi espíritu tan serenas armonías. El alma se desbordaba en delicias.

H. Cirilo: Pero antes habrá que ganarse la batalla.

H. Augusto: El triunfo es seguro. Dios no nos abandonará.

H. Marciano: La carne es flaca, pero Dios se complace en vencer con lo débil.

H. Cirilo: ¡Dios sea bendito! Las disposiciones de todos alegran el alma de cada uno. Hermanos nos llamamos y nunca lo hemos sido tanto como ahora. La misma pasión hoy, la misma gloria mañana.

Escena XI
Padre Inocencio, hermanos

P. Inocencio: Buenas noches, Hermanos.

H. Victoriano: Buenos días, buena eternidad. La aurora del día eterno luce ya para nosotros.

H. Cirilo: Aleluya, alegrémonos.

P. Inocencio: Venía a cambiar consuelos, y vengo a juntar cantos de júbilo... Todavía puede serviros mi función sacerdotal. Confesados estáis, pero una vez más las aguas sacramentales rieguen vuestra alma, para que la luz de la gloria la ilumine más esplendorosa. *(Los hermanos caen de rodillas y se inclinan para recibir la absolución)*

H. Cirilo: Se oye ruido. Ha llegado el momento decisivo. ¡Aleluya, alegrémonos! Antes de partir, démonos el ósculo del amor y estrechémonos en un abrazo, que la muerte va a hacer eterno.

P. Julián: ¡Qué dicha morir por Dios!

H. Ben: ¡El sueño de infancia realizado! ¡Aleluya! *(Los hermanos se abrazan de dos en dos. El Padre Inocencio lo mira)*

P. Inocencio: Cuadro del Cielo.

Escena XII
Hiliéo, dichos

Hiliéo: *(Irónico)* El viaje será corto y no os separaréis. ¿Quién es ese? *(Por el Padre Inocencio)*

H. Cirilo: Un Padre de Mieres, vino a confesar a los niños.

Hiliéo: Sí, entendido. Irá con vosotros al frente.

H. Ben: De frente, con la cabeza muy alta y el corazón muy dilatado.

H. Cirilo: Así nos amamos nosotros.

Hiliéo: En filas y a la muerte.

H. Victoriano: No; a la vida.

TELÓN

CUADRO CUARTO

Cementerio de Turón. Los Hermanos están en dos filas.
Hiliéo está al frente. La escena muy a oscuras; es plena noche.

Escena I

Alfredo: Buena hora. La hora de la Revolución es siempre la de las tinieblas. Ellos, los que solo hablan de la luz del progreso, todo lo quieren hacer de noche. Hay siempre antítesis entre lo que dicen y lo que hacen. En los otros, en los hermanos, hay unidad. Hablan como obran, y obran como hablan. La verdad está con los que creen, con los que aman. Yo quiero recibir la última luz de sus ojos, para que acabe de iluminar mi alma. Quiero verles morir para contemplar la suprema igualdad entre su doctrina y su acción. Que su sangre purifique mi alma. Se oyen pasos. ¿Quién puede ser... un niño? Y a estas horas. (*Aparece el niño, que simula retroceder al ver a Alfredo*)

Escena II
Alfredo y niño

Alfredo: No temas, ven. ¿Qué buscas por aquí a estas horas?
Niño: No me atrevo a decirlo.
Alfredo: No importa, lo adivino. Tú vienes a ver a los hermanos.

71

Niño: Sí, sí; a ver a los hermanos. Los van a matar. ¿Qué han hecho? Que malos son los hombres que los matan.

Alfredo: Y. ¿quién te ha dado fuerzas para venir hasta aquí? ¿No te ha dado miedo la oscuridad de la noche?

Niño: No, no. Esta oscuridad no da miedo. Hay otra noche que es peor, infinitamente más triste y desoladora: es la noche de las almas, cuando no tienen ni la luz de la verdad, ni el calor del amor.

Alfredo: Pero, ¿Quién te ha enseñado esas cosas tan bellas?

Niño: Ellos, los hermanos. Cuando en la casa, y en la calle, todo era enseñarnos a levantar el puño y a pedir la muerte, ellos, en la escuela, nos enseñaban a juntar las manos y a rezar con voz suave: "Padre nuestro que estás en los Cielos." ¡Y van a matar a esos hermanos tan buenos! *(Llora)*

Alfredo: Ven, hijo mío. Que nadie te oiga, porque seríamos descubiertos, y entonces... acaso nos mataran también a nosotros... ¿No oyes los gritos? Ya deben de estar cerca.

Niño: Tengo frío. El frío del alma.

Alfredo: Yo también tengo frío en el alma. Es el frío de la Revolución, del crimen, de la muerte. ¿Y cómo sabíais que habían de traerlos al cementerio?

Niño: Lo oí anoche. Cuando estaban reunidos, debajo de la prisión de los hermanos, a eso de las once, Neópolo dijo que había que matarlos esta noche. Que se los trajera por los cuarteles de San Francisco, haciendo el menor ruido posible, para que nadie supiera nada.

Alfredo: ¿Y cómo pudiste llegar hasta aquella reunión?

Niño: Es que quiero tanto a los hermanos que no puedo dejarlos.

Alfredo: Escóndete, que ya llegan. *(La escena queda un momento sola y a oscuras)*

Escena III
Hiliéo, hermanos, Alfredo oculto

Hiliéo: Ha llegado mi hora. Mi venganza va a cumplirse. Triunfé. La Revolución ostentará vuestros viles despojos como un florón de gloria. Vuestra sangre impura se perderá en esta tierra aluvial. Vuestras vidas se extinguirán para siempre, hundiéndose en el silencio de la noche eterna.

H. Cirilo: ¡Cómo has olvidado, Hiliéo, lo que de niño aprendiste en el regazo de tu madre! No vamos a la noche sin aurora, sino al día de la luz indefectible. Ojalá que Dios te dé un rayo de su lumbre, para que veas las infinitas perspectivas de la eternidad, iluminadas por la claridad increada. Morimos contentos.

Hiliéo: ¡Contentos! Y habéis sido vencidos. He triunfado yo. ¿Te acuerdas de aquella vez que te puse en la cárcel y saliste por influencias burguesas? Aquel día triunfaste tú, hoy triunfo yo. Pagad vuestros crímenes.

H. Cirilo: La conciencia de nada nos arguye. ¿Qué mal hemos hecho?

Hiliéo: Enseñasteis la religión, ¡no os parece bastante?

H. Cirilo: ¿Nos matáis por eso?

Hiliéo: Dije que es bastante. La Revolución sabe escoger sus víctimas.

Escena IV
Dichos, Neópolo

Neópolo: Sobran los discursos, Hiliéo. Te creía más rápido en la acción. Eres sobrado verboso. ¿No temes mancharte con el hálito de estos hombres, negros en alma y en el cuerpo? Son la una menos cinco, y dije que a la una esto tenía que estar terminado. *(A los hermanos, con ironía)* ¿Tenéis ya el billete del viaje?

Hiliéo: No; ese se lo van a dar los escopeteros que ahí están preparados.

Neópolo: *(Irónico)* Estarán muy contentas sus reverencias.

H. Cirilo: Mucho, Neópolo. Ojalá que un día Dios te dé a gustar una gota tan sólo de la felicidad que se desborda por todas las vertientes de nuestro ser.

Neópolo: ¿Y para eso temer tanto a la masonería, siendo así que ella os trae la suprema felicidad?

Hiliéo: Ahora eres tú quien eres verboso.

Neópolo: Déjame gozar un poco del bárbaro placer de la venganza. En este momento os devuelvo aquella bofetada que recibí delante de vuestro Colegio.

H. Cirilo: Nosotros no aconsejamos a nadie dar bofetadas, porque tenemos lección del Divino Maestro de que, si se nos hiere en la mejilla izquierda, pongamos la derecha.

Hiliéo: Bien, Bien. Basta de sermones hipócritas. La Revolución, siempre generosa, os permite que digáis lo que pedís en este último momento.

H. Victoriano: Que nos dejéis morir mirando al Colegio, donde enseñamos a los niños a amar. ¡Ah, vedle! La flor del valle, en cuyo seno blando y dorado se fecundará el polen de una nueva generación. Ved el faro de las almas. Ungido está de los sudores de los maestros religiosos; santificado por las oraciones de los niños.

Neópolo: *(Irónico)* Magnífica perorata. Qué, ¿habéis bebido demasiado?

Hiliéo: Sí; mirad el Colegio convertido en cuartel general de la Comuna. Ante la luz de la Revolución, huisteis vosotros, como inmundas alimañas. Hemos triunfado, y para siempre.

H. Victoriano: Vosotros no veis más que este momento. La mirada profética ve el triunfo de Dios. Vuestro triunfo se apagará rápidamente como la llamarada de un fuego fatuo. La verdad, y el amor, y el bien, que no son más que una cosa en Dios, triunfan siempre, y su luz, como la del sol, puede eclipsarse un momento, pero luego vuelve a irradiar pura, hermosa, y maravillosamente fecunda. Esa escuela volverá a ser lo que fue. En ella, nuevos hermanos, como los que nos precedieron, como nosotros, enseñarán a amar a Dios y amar a los hombres. Nuestra venganza será la del sándalo; de cada herida saldrá un suspiro cargado de perfume de amor, que envolverá el hacha que le corta.

Neópolo: Esto es insoportable.

Hiliéo: Pues, corta rápido. Ahí están los escopeteros; avanzad. *(Se disponen a hacerlo, pero Alfredo irrumpe)*

Escena V
Alfredo y dichos

Alfredo: ¿Hasta aquí llega vuestra vesania? ¿Para eso es la Revolución? Yo la maldigo con toda mi alma. Y os maldigo a vosotros, jefes infames y... cobardes. Mientras lanzáis a las masas a la guerra, vosotros os entregáis a la crápula y a los placeres de la venganza personal.

Neópolo: Quitadme ese hombre.

Alfredo: Nadie se atreverá a venir a mí. Tengo un brazo fuerte y una puntería certera. Os desprecio y os odio.

H. Cirilo: Alfredo, sólo el amor te llevará a la verdad.

Neópolo: Digo que me quitéis ese hombre.

Alfredo: Me iré yo solo. Pero quiero verlos morir y recoger su última mirada, la de la verdad, la del amor, la de la felicidad. *(Se oye ruido).*

Hiliéo: ¿Qué es eso?

Rodolfo: Una mujer que llora. Pide ver a los frailes para recoger sus últimos suspiros.

76

Hiliéo: Esto amarga el placer de la venganza. *(A los hermanos)* ¡Adelante! *(Los hermanos avanzan hasta perderse de vista, hay silencio impresionante en la escena. A los escopeteros)* ¡Fijad bien la puntería! ¡Fuego! *(Se oyen dos descargas)* Aún quedan dos de pie. Yo acabaré con ellos. *(Otros dos disparos)*

Escena VI
Alfredo, niño

Alfredo: Cayeron sin decir una palabra. Ni siquiera que perdonaban, que es lo más heroico. Ah, ya pueden estar contentos los monstruos de la Revolución. No llores, pequeño. Mira qué fría y qué negra es la Revolución. A esos criminales yo los...

Niño: No diga la palabra, los hermanos sólo nos enseñaron a amar. Su muerte ha sido su mejor lección. Seamos nosotros los primeros que besemos esta tierra ungida con su sangre.

Escena VII
Albino, dichos, después Rodolfo

Albino: ¡Perdón! ¡Perdón! El peso de su sangre me abruma. Yo, que no había recibido de los hermanos sino favores, los he matado. Maldito el que me quitó la fe, porque ya antes me había quitado el amor.

Alfredo: ¿Tú también eres un engañado?

77

Albino: ¿Pero, tú, Alfredo por aquí? Tú, el místico arrebatado de la Revolución.

Alfredo: Sí, aquí. ¿Te extraña? Yo buscaba la verdad y la justicia. Corrí por muchos caminos para encontrarlas, y por fin unos labios puros me enseñaron el único que conduce a ellas... El del amor.

Albino: ¿Y qué labios fueron esos?

Alfredo: Los de un mártir. Y tú, ¿no quieres la verdad y la justicia?

Albino: Sí. Pero, como tú, veo que me he equivocado. ¡Ah, los infames; los que atizaron los fuegos de mis pasiones para calentarse en su hoguera, los que irritaron nuestras iras para que ellas satisficieran su venganza! ¡Malditos, malditos!

Alfredo: No, Albino. Déjalos a ellos. Piensa en ti. La verdad y la justicia sólo se hallan por el camino del amor.

Rodolfo: *(Irrumpiendo)* Todo perdido para mí. La Revolución ha fracasado. Bajando al valle, Neópolo e Hiliéo han caído en una sima que los ha tragado para siempre. La sima oscura fría de la muerte.

Niño: ¡El amor! ¡El amor! La nueva generación quiere convertir el campo de muerte y de odio en una floración de vida y de amor. Que la sangre de los mártires lo fecundice. Por el amor a la verdad y al bien.

Todos: ¡Amor! ¡Amor! ¡Amor!

TELÓN

El texto mecanografiado
de "Flores martiriales"
fue adquirido en la librería
Llibrum Llibram (Andratx)